청어詩人選 424

서로가
가던
길에서

허영화 시집

청어

시인의 말

　봄을 생각할 때만 잠깐 웃고, 여름에서 가을과 겨울을 바라보고 있다. 걸어 다니며 보이는 날씨와 계절이 감지되고 어디선가 아파하면서 모진 말이 소리가 되어 들린다. 고개 숙여 관심받지 못했던, 처음부터 이해하지 못하고 소리 없는 말이 오가는 것을, 끊임없이 화내지 않고 말하는 법을 알기라도 하듯이. 대단한 것이 아닐지 모르지만, 조금씩 조금씩 평온한 봄부터 쓰기 시작한 글에는 뼈까지 시린 겨울철 과거에 나도 그대로 기록되었다. 소중한 뜰 여기에는 나 나름의 문장으로 써 보았다. 배우기 위해 열심히 책을 읽었다. 닮고 싶은 사람의 책, 궁금한 분야 강의 관련 책 등을 찾아 읽었다. 하나같이 잘해야 한다는 말뿐이었다. 포기하지 말고 끝까지 긍정적인 마음만 가지면 성장하고 성공한다고. 성공담을 나열하는 책을 읽으며 자괴감에 빠지기도 했다.

　나는 무엇보다 그때의 나처럼, 누군가의 간절한 조언이 필요한 이들에게 도움이 되고 싶다. 나는 영화나 음악 미술도 좋아하지만 나다운 책을 여유로운 마음으로 읽고 감동을 느끼는 편이다. 대화가 오갔던 자리로 돌아가 행복해하며 평온히 지낸 다치지 않은 특별한 기억을 할 수 있지 않았을까. 삶은 가을을 향해 익어가고, 아무 말 없이 낙엽이 흩날리는 10월 마지막 날이다. 지금에서야 온 마음으로 소홀했던 후회하는 그때를 떠 올리며 못내 아쉬운 마음이다.

이젠 되돌아갈 수도 없는 길이 되었지만, 가파른 한 계단 오르기도 버겁던 목표한 산을 묵묵히 오르는 마음이다.

2023년 12월

청린(聽憐) 허영화

차례

2   시인의 말

1부   가을 버스 정류장

10   석양의 빛

12   통영에서

13   가을 바람

14   가을 버스정류장

16   서로가 가던 길에서

18   빨간 길 위로

20   첫사랑

22   붉혀진 손등

24   다홍빛 별꽃

26   그리고 당신은

28   석류

30   노을

31   찻집에 앉아

32   마음이 슬퍼질 때

34   겨울 커피

35   긴 밤

36   바보라고 할 수도 없고

38   비밀 하나

39   한 편의 커피

2부 봄비 일기

42 커피는 내 마음

43 부산에는 눈이 안 오나요

44 묻힌 꿈결

46 나른한 그리움으로

47 달

48 애쓰며 피는 꽃

50 참새

51 그녀는 첫사랑

52 지역아동센터에서

53 보름달

54 응급실에서

57 봄이면

58 안경

59 독백

60 3월을 기다리며

61 우리 집 화초

62 연애는

63 늦은 4월 오후

64 봄비 일기

65 꽃길 위에서

66 꿈

3부 여름의 향기

68 4월 벗꽃이

69 봄의 온기

70 첫사랑

71 얼굴

72 뱁새

73 요양원에서 보내는 편지

74 수국

76 미련

78 여름의 향기

80 해변에 비치는 그림

82 우리 함께 모여서

84 새날이 올 때까지

86 치매

87 돌의 감정은

88 갈색 옷을 입은 여인

89 태풍이 지나간 다음 날

90 거울 속에 핀 꽃

91 그 마음은 붉은 칡꽃

92 고양이에게 웃을까

94 가을에 도약

95 기차 창가에 앉아 보고

4부 초대받은 밤

98   초대받은 밤

100   한낱 참외꽃

102   깨달음 보리

104   자줏빛 고구마

105   홍시

106   인고(忍苦)의 대나무꽃

108   기억의 대나무

110   격정(激情)의 골목길

113   치매 2

114   함정 속 사랑이란

116   위로가 되어다오

118   시골집에서 본 텃밭

119   맑은 말 하나

120   그 님 숨소리

122   가을을 걸어

123   유혹하는 코스모스

124   붉은 태양이 오를 때

126   소리 내지 않는 고통의 등

128   꿈속으로 찾아와

130   가을빛 저녁 하늘은

131   바라만 보는 먼 님

132   낡은 너와집 골목에서

134   너는 시가 되어

135   늦지 않게 온 사랑

136 군고구마 먹던 아이가 자라서

138 노르웨이에서

139 나무 하나 이야기

140 겨울 파도

142 해설_시적화자가 적시한 사랑학의 진실 탐색
    _김송배(시인·한국시인협회 심의위원)

1부

가을 버스 정류장

아름다운 기억이 없는 내 어린 시절에
그저 한 편에 가만히 멈추어 지내던 날

오래된 감나무 하얀 별꽃은 마음 머물고 싶었다
머물고 싶은 마음 아쉬워 떨어질 때마다 불빛 내려보고

석양의 빛

어둡던 고백
찬바람이 불면
가슴속 홀로 꿈결 같은
가을 하늘을 날아서
떠오른 생각보다 아늑하고
따뜻한 너의 첫 모습

꽃샘추위가 아직인데
온몸이 오소소하여
어깨에는 두꺼운 이불
그러다 문득 어디선가
휭하니 찬바람이 불어,

붉게 거리로 흘러나온
그을린 그때 그 광경을 본
너의 첫 모습, 실루엣으로
저만치 한꺼번에 몰려와
어느덧 토닥토닥 뭉클함이,

가을밤 동그란 입을 벌리고
온몸 장미향을 두르고
너무 보고 싶은 날을 꿈꾸며
구름 위 넋을 잃은 채 한동안
허전한 가슴 비로소 채우리

통영에서

미륵산 봉오리 펼쳐져 있고
풀벌레 소리마저 한적한
아름다운 자연 속 하얀 모래

밤하늘 보름에 가까워지니
한 점 불빛 없는 허공에 뜬 달
별을 띄울 수 있는 늦여름이라

어둠 속에서 점점 익어간 달
머문 발걸음 야심한 달 보며
적잖은 세월 흔적으로 남았다

가을 바람

어디서
불어오는
바람인지 차갑군요

잎사귀 퍼렇게
가닥가닥
이렇게 타오르다

그리움,
잊을수록
더는 숨길 수가 없군요

가을 버스정류장

여태껏 이 길을 걸으며
되돌릴 수 없는
세월은 참 빠르게 지나가지

내가 사는 곳에
단숨에 달려오는
변함없는 버스정류장

솔직한 심정으로
웃으며 책을 읽다 보니
나이 지긋한 분께 미안함이

다가오는 가을날
어쩐지 내 마음은
노릇하게 익어가는 순간

푸른 하늘 무지개 찾아
도시 한복판 모험을 떠나는
그때서야 가을은 머물고

내 마음 살살 풀어주는
어떤 생각을 한 것인지
감을 잡을 수 없어도, 알게 되지
사람의 마음이란 걸

코스모스 핀 창밖을 보는 눈빛은 웃음
수많은 생각이
머릿속으로 헤아리다

한참 동안 눈을 떼지 못하고
내게 달려오는 네 모습으로
아름다운 것을 담을 수 있지 않을까

서로가 가던 길에서

바람이 흩날리우고
막 걷던 내리막길에서

왜소하게 걸어오던
처진 검은 고양이와

궂은일을 당한 것처럼
경적을 울리며 비켜서

살벌한 발걸음을 옮겨
미로 같은 땅을 걸어서

길 따라 주위에 눈길조차 줄
나름의 여유가 없이

난무하고 난폭하게
겨우 비켜 지나가 버렸는데

마치 사람 목소리를
빌리기라도 했는지

주인 잃은 검은 고양이가
어슬렁거리며 나를 불렀다

오랫동안 지켜볼 것처럼
야 옹

빨간 길 위로

바람은 스쳐 가 더 비밀스러운 곳으로
자박자박 이어져 가는 흔적을 갖가지 남겨

가면을 쓴 바람은 여인처럼 불어와서는
가끔씩 꿈에 당신처럼 머물러있기 때문

내게 재촉할 수 없는 모습은 보이지 않고
사랑은 따라오는 내내 기다릴 수 있는 것
사랑은 갈구할수록 순간 바람이 되는 것

언제나 사랑은 그대의 내리쬐는 마음이 어떻든
그것이 말하지 못하는 그대에게만 진심인 것을

흘러간 잃어버린 바람은 나를 놔두지 않고
불어온 주위의 고뇌의 바람은 나를 버리고

흐려지는 눈물은 그것이 차마 다 말 못 하고서
희열의 눈물은 나를 피할 수 없는 영원한 순간

빠알간 길을 따라 걷고, 바람은 어지러이 불고
가을 햇살 보이지 않고, 3일간 그를 사랑한 것

불어온 바람은 걸어서라도 멈출 줄 모르고
둘러대는 내 몸 또한 마음속에 뭔가 숨기고

지난날은 찾아도 저기 가는 못 잊는 그리움이라
빨간 길 위에 나를 남겨 둔 바람은 외로이 가는구나

첫사랑

당신을 바람결에서 보고
울지 않으려
가슴을 아렸다

하필 내 눈물 바라보던 난
고목처럼
시들고 말았다

보이고 싶지 않은 신은
가는 목소리로
돌아서면 안개 같고

홀로 지킨 걱정
마음이 불안하여
믿어도 되는 신은 이를 악물어 봐도
대체 뭘 하려는 건지

우는 야심한 시각
평평 울어도 너무
사랑한 당신

남몰래 손에 꼭 쥐고
멈출 때까지
인연은 마음 가까이
가슴에 안고 있으련다

붉혀진 손등

바람은 멈추지 않고 불어와
다시 한번 더 너의 손등에

바다를 바라보듯 바라보고
너의 연록 빛 마음은 모르고

나라는 한 존재로 불안하여
그 손등이 나를 찾아올 때까지

손가락을 꼽아 보아도 모자라
고민은 머릿속에서 맴돌 뿐이니

아련히 남아 맴돌고 있는 손등
그 모습은 불평하듯 찾아오고

따라오는 사랑은 내내 애달아
지켜보고야 마는 이 심정이

온갖 꽃들이 저마다 속삭여
억새가 진실을 말하려 할 때

사랑한다고 사랑한다고…
꿈을 다시금 쫓아가고픈 행복이리

부는 바람은 제각기 하늘로
떨리며 소중한 꿈을 꾸었으리라

다홍빛 별꽃

하얀 별꽃은 가슴 울리게 미소 지으며
우리를 위한 별처럼 영원할 것처럼 떨어져

오후 햇살은 땅에 내려앉아
살갑지 않아도 부는 바람은 어디에도 머물러

이제는 잊을 때도 되었건만
숱한 시간을 뒤로하고 그대를 그리워한다

헤어진 것을 잊을 만큼 소복 같은 별꽃은 내리고
그립던 하얀 별꽃은 그 눈동자 그대로 아름다워

더듬어 보아도 머물고 싶은 다홍색 불빛
울컥한 마음을 달래주기라도 하듯이 내린다

아름다운 기억이 없는 내 어린 시절에
그저 한 편에 가만히 멈추어 지내던 날

오래된 감나무 하얀 별꽃은 마음 머물고 싶었다
머물고 싶은 마음 아쉬워 떨어질 때마다 불빛 내려보고

메어오는 가슴을 식히느라 애쓰면서도
차오르는 눈물은 오히려 가슴이 후련해지던,

차가운 땅 위로 애절하게 내리는 다홍색 별꽃은
해는 넘어가려 하여도 엷어지고 잊을 수 있을까

그리고 당신은

누런 논 쪽에서
기분 좋은 바람이 불어와
날, 그네를 태웁니다

반짝반짝 빛나는 산줄기 위로
선명한 블루 빛 하늘이
지금 내 가슴에 펼쳐집니다

눈을 감으면 내 곁으로
오는 당신은
눈을 뜨지 않고 부르면
오는 당신은

생각마저 고매하여
공연히 걱정스러운
어둑한 밤이 되고도
나를 달래느라 밤잠을 설칩니다

당신도 나도 기억하는
너무나 서럽게 우는
내 안에 아프게 사는
당신을 보고 말았습니다

세월이 흘러
애꿎은 옛일은 잊은 듯,
지금도 생각하는
당신과 나의 숙명(宿命)은
어디까지일까요

석류

서녘 달 뜨는 저녁
단미는 절실한 눈빛으로
머나먼 하늘을 바라보고

오늘처럼 빛의 무지개를
타고 높이높이 올라가
그대를 가만히 기다리고 있다

인생은 소중한 것을 잃고
꽂혔던 가슴은 동시에
새로운 것을 얻고 깨닫고

미소를 입가에 머금으며
어쩌면 갈 수 있을지도 모를
천국의 빛을 오래오래 기억해,

홍옥 같은 단미*를 안아
붉은 입술 끝을 올리며
발그레한 볼을 비볐다

빨강 하늘빛
간지러운 듯 웃고 있는
행복한 네 얼굴 처음 본다

*단미: 사랑스러운 여자

노을

지금도 내 눈빛, 발아래
밟히는 허물마저도 묻혔던
그 첫사랑 설레는 마음인지

가까이 안겨 영원토록
너무나 붉게 반짝여서
입꼬리 당기며 웃음 짓는
꽃 한 송이 빼닮아

기다린 그대는
마침내 떠나지 못해
낮게 저무는 붉은 눈물
아리게 흘려보내고 말겠지

찻집에 앉아

창밖은 날으는
가을 바람 아름다운데
시간이 흐르고
괜시리 서글퍼지는 마음

그토록 아름다웠지만
저렇게 시들 텐데
그리고 난 오늘을 그리워하며
사랑스럽게 애태우겠지

말 한마디로 인생은 쉽게
바뀌기도 하니까
그렇게 버려지는 인형처럼

오늘은 립스틱 짙게 바른
여인의 입술로, 찻잔에
입술 자국을 남기고 있으련다

마음이 슬퍼질 때

내 마음 가끔은
다정해도 뭘까?

소리 질러 달라고
애원하던 저 석양

나보다 더 슬픈
사랑은 무슨,

또 생각하고 생각하느라
사방에 뼈들이 아픈데

공포를 떠올리며
그는 침묵, 또 침묵

피 흘린 상처는
나를 미치게 학대했고,

깊어지는 후회는
마음처럼 안 된다

제발
무슨 잘못을 했는지
생각하고도, 도망치고 싶었다

그럴 때면 마음이 아프고
웅크리는 두려움이 저려온다

겨울 커피

하얀
눈 덮인 산에서
내려오는 물로
커피를 끓였어요

당신도 알다시피
내가 따뜻한 커피는
세상 그 무엇보다
맛있게 끓이잖아요

당신을
바라볼 수만 있으면
하얀 시간 속에서

우리는 긴 식탁 위
약속이나 한 듯
가슴을 훔치며
하얀 커피를 마셔요

긴 밤

인연은 다시
돌아올 거라고 하지만
까만 눈, 아주 까만 눈
토닥토닥 그때가
주마등처럼 지나가고

초롱초롱 빛내며
관심을 보이는
와인을 나누어
마시던 때, 모두 꺼낸
야한 농담처럼
늘어놓았나 보다

바보라고 할 수도 없고

말라 서럽도록 부는
담장을 넘는 바람은
나를 걱정해 주는
염려하는 마음도 모른 채
뺨을 때리듯 통증처럼 불어와

괜한 이의를 달지 않는
명령에 절대복종하는 어린 양,
눈 감으면 다시 들리는 안타까운 말
뺨을 훔치는 얼어붙은 마음들도
두 눈이 빛나도록 햇살은 눈부셔

불행하다고 할 수도 없고
너무하다고 할 수도 없고
미쳤다고 함부로 말할 수 없고
스스로 달래며 낮달을 숨어 본다

내가 하고 있는 말이 모자라다며
계산을 더 요구하는 그이의 말투,
검은 장막처럼 점점 크게 들려와
나를 핏기 없는 젖은 모래로 만든다

나의 손을 만지작거리며
따뜻함이 머물러 남겨져 있을 사람이
어눌한 말솜씨를 마중 나온 사람처럼,
살갑게 대하던 얼굴은 낯설게 느껴지고
점점 따지고 훅 들어오는 꼬인 언어는

까맣게 타들어 가는 코스모스처럼
더 말을 못 하게 하는 사람이 있다
내겐 특별히 고마운 사람이다
버스를 타지 못하고 걷는 무거운 마음속으로
바람이 가진 고독한 길을 걸으며 말해본다

'바보라고 할 수도 없고…'

비밀 하나

가을 깊은 밤
모래 위에 사랑한다
쓰면서 시간 가는 줄
몰랐는데, 밀려드는
파도에 지워질
많은 일이 단순해지고

오늘은 인생이라며
별을 본 지 오래되었다
홀로 몇 분간 감상하기도 하겠지

살면서 우린 서로 사랑하느라
당신 때문에 더 나아진 나

사랑을 다한, 다한 모습이
우리는 서로를 모른다

사실 당신이 아니면
우리는 이제까지
말할 수 없는 그런저런
별을 셀 일이 없을 것이다

한 편의 커피

치마 속주머니를 한참 뒤져
꼬불쳐진 천 원짜리 몇 장으로

잊을 만하면 달려가는 다방,
그 시절의 사진보다 선명한 일

그곳에는 떠꺼머리 아들이
유치하게 웃음을 매달고 있다

지그시 웃으시던 할매 모습이
퍼런 가슴 아프게 눈에 선하고,

오래되어도 끊을 수 없는 커피
가슴이 저려오는 그때의 일

커피를 마시면 멀리 떠나지 못한
한 편의 앨범을 다시 만나게 된다

2부

봄비 일기

홀로 타오르다
이렇게 열리지 않는 당신을
향해, 영영 모를 속앓이

커피는 내 마음

쩔쩔매는 말
망신 당하는 말
실수하기 좋은 말

그리고

공연히 걱정스러운
하고 싶은 말 하러

자욱한
커피는 내 마음

부산에는 눈이 안 오나요

갓은 심통을
퍼부었는지
부산은 눈이 결국 안 온다

얼어붙은 수도관
밤새도록 언 땅에는
선 긋기 하였는지,

날씨 정보에서는
똑 부러진 도시로
새하얗게 함박눈이 온다는데

살아온 세월이
눈보다 빠른 걸음이었고
어찌해서
부산은 행복한 눈이 왜 안 오나

묻힌 꿈결

적적한 이 저녁
외로운 가로등 아래
당신을 바라보았습니다

종일 바람에 실려 온
민들레 깃털 같은
당신을 넋을 놓고 바라만 보고

살풋 숨었던 나비처럼
웃고 있는 입술
이제야 나타나

한 뼘 다가가도
눈 감으면 다시
보듬을 수 없는 오그린 몸

홀로 타오르다
이렇게 열리지 않는 당신을
향해, 영영 모를 속앓이

파르르 눈뜨는 까마귀 날아오르고
닿을 수 없는 당신이란 걸
그제서야 알았습니다

나른한 그리움으로

노르웨이 새벽 들판은
빈 공간처럼 부드럽게
나의 생각을 더듬고 갔다

나의 생각은 자라나고
황량한 향기를 떨어뜨리고
온통 당신이라는 한 사람으로

노르웨이 새벽 들판은
그대의 숨결로
싸늘하게 가득 차 버리고

찬바람 입김은
사랑해달라는
흰 그림자 따라간다

달

이웃집 울타리 넘어
뒤돌아보지 말 것을

바람이 어지러운데
얼기설기 둘러친
새움이 돋는 감정

눈길을 걸어오다
고향집 지키던
보름달 빚은 감정

착잡한 마음은 겨울
지붕 위 끝자락을 붙잡고

허공에 몸을 펄럭이며
그리움 두고두고 어이할까나

애쓰며 피는 꽃

첫 잎이 피기 어려운 꽃
겨울 냉기는 낯설게 느껴져

창밖으로 무작정 퍼지는
저무는 그리움은 부대낌

소박한 마음 실은 완행열차
나를 울리며, 마주 놓였다

적잖은 마음고생
간간이 들이치는 아쉬움이

오히려 마음 풀이로
콧등이 다 시리다

신분이 미천하여
한숨으로 피어나버린 꽃

의문이 들 정도로 행복 앞에
온갖 재주를 부리지 못했다

왜 자꾸 어설픈 말
아쉬운 말이 빨리 지나간다

'지척에 나 같은 사람이
곁에 있어주면 될까요'

'지금 곁으로 가도 될까요'

참새

낮에 본 참새가
눈에서 가시지 않는다
조그맣게
도시 한복판을 날아
어느 쪽이든
어디로 가는지는 몰라도

연둣빛 사이로
아쉽게 물어보지만
똑똑한 거 소용없이
모든 말은 동시에
짹짹 짹짹이며
먼 곳까지 날아다닌다

그녀는 첫사랑

신이 내려주시는
쌀쌀한 첫눈 오는 날
잊지 못하는 감정
어쩌면 연민이었을지도

그때는 그리워하게 될지 몰랐던
떨리는 입맞춤
그리고 그녀의
새빨간 두 뺨

수없이 떠올리며
영혼을 싣고
그녀의 머리카락을
얼마나 그리워하게 될지

뜨거운 눈길이
영원히 떠나지 못해
차오르는 마음
순백의 길을 모질게 밟고 걷는다

지역아동센터에서

내가
사랑 받고 있음을 느낀다
그저
예쁘게 웃으면 그만이다
물론 반응은
예쁘게
웃는 표정으로 되돌아온다
너는 모르지,
이 순간이 얼마나
설레고,
행복한 순간이란 걸
여기 핀 꽃은
웃을 수밖에 없어

보름달

내 마음 전하려
머뭇거리면서도
삼켜진 꿈은
하늘에 올라가
내 눈은 환한
대낮의 빛을 가졌다
빛나는 눈동자 속은
너무 크고
잠들지 못한 눈은
나를 울리고
내 눈에 가득
당신 생각이 떠올라
찬바람 숨
증발시키고 있겠지

응급실에서

3월 선홍빛 햇살은
가슴앓이로
까맣게 말라가듯
떠오르지 않아요

알지 못하는 그늘이
얇아지는 땅속으로
개미 한 마리
보이지 않습니다

3월은 타인으로
지키지 못할 약속은
숨 쉬는 것이 아니라
슬픔을 기다려

고통을 둘러싼 육신은
만일의 상황에서
눈물로 바라보는 근심을
헛된 강물로 띄워
보내 버리고 싶어도

당신의
깨어나지 않는 숨
서서히 옅어지는 숨
조용히
삭아드는 삶

선홍빛 가슴은 고통으로
어느덧
저 말라가는 무심한
하늘 위를 슬픔으로
물들이려고 합니다

운명은 눈을 떠서
굴하지 않는 정신이
살아 숨 쉬는 경이로움으로
당신만은
곧 돌아오리라
지나는 구름이 가려도
태양은 아직 비추고
모질게 견디어 주기를
당신을
포기하지 말아요

힘겨워도 끈질기게
인생을 늦추더라도
한 번만 더 그 숨
간절하게
놓지 않기를 바랍니다

제발요

3월에 꽃이 피듯
가까이에서
보고 싶은 만큼
귀중한 당신을
기다리겠습니다

봄이면

찬바람을 지나
안개가 드리우는
안갯속 얼굴은 빨개지고

어딘지 모르지만
앵두꽃 수줍어서
온몸이 빨개지면

햇살 드는
그 어떤 사랑처럼
분홍색 홍학 한 무리 날아가

숲들은
지평선 그득하게
봄볕 새 향기 퍼지겠다

안경

얼굴이 잘 보이는 것이 감정에 좋겠어요
얼굴이 잘 안 보이면 보고 싶어질 거예요
잘 보이는 것이 정말로 행복할 것 같아요
어디쯤에서
희미하게 하얀 얼굴이 사라지면 안 되니까요
어쩐지 갸름한 얼굴에 동그랗게 커진 눈으로 안경을
쓴다는 것이 정말 부담스럽지만요
마음껏 진지하게
누구도 아닌 당신 얼굴은 다행히 안경 너머로 또렷이
보고 싶습니다

독백

매일매일
모양도 없이

새벽마다
새들처럼

멀리멀리
메아리처럼

느지막이
사랑을 혼자 나른다

누가
보고 싶을까

3월을 기다리며

봄바람에 실려 그대에게로 가만히 닿고 싶습니다
봄이면 보고 싶은 마음으로 꽃을 바라보며 그대가
생각납니다
아무래도
봄 햇살이 아는 처연한 그대가 궁금해서 한번 가보려고요
삼월에 움 틔우는 꽃봉오리는 두근거리는 가슴으로
기다리고 있을 것 같아서요
흐르던 슬픔은 삼월이 덮어주길 바랍니다

우리 집 화초

솔솔 솔 뿌려주면
새벽엔 이슬이 송송
말 안 해도 다 아는
집에 오다 쳐다본 달처럼
활짝 펼친 초록 마을
먼저 좋은 소식 전해준다네

너와 나 기분 좋은
사랑이 환하게 움트고
나의 유년, 설레며 수줍게
나란히 웃기만 하던
그 예전 조그마한
얼굴이 예뻤던 옛 동무처럼

연애는

저녁부터
비가 추적추적 내리고
어렴풋이 스치는
바람은 달려오고
갈 숲 사이로
얕은 가슴에
선명하게 들려오는
울어대는 발광 소리
몽매간에 어슴푸레
숨이 닿지 않았어도
한나절
그려지는 그대 향한 빛

늦은 4월 오후

나팔꽃을 피우는
늦은 4월 오후
문득
외로움이
깃든 시간
이토록
꽃잎 다 떨구어낸
늦은 4월 오후
마음속을 서성이며
비춰 오는
나무의 풍경은
잊어버린 가슴
지나는 바람 소리에도
마음 깊이, 고마워하며
아껴두었던 시선
그리워하게 될 모습들이라
눈엔 천천히 담아도 좋으리

봄비 일기

어둠 속에서
들고양이 노랗게 익은
달을 따 안고
봄비 맞고 있다
촉촉이 봄비 내리는데
오랜 상처는
버려지고 버려져
나는 나를
봄비 맞으며
던져 버리고
마주 보던 달
내가 싫은 것이
아니라면
꽃봉오리 채로
버려진 꽃은
다시
보고 싶어질 것이다

꽃길 위에서

바라보는
꽃길 위에서
희미한
그림자 따라
헤매이다
내가 따라가는
꽃길 위에서
꽃향기 없이
먼 가슴으로
그대를 기다리다
비로소
진심임을 알았네

꿈

검은 입술로
번지는 말이
들리지 않고
가만히 누워
황홀한 연민을
넋 놓고 바라보다가
나체로 죽은
나뭇잎들이
낮은 곳에 떨어져
거짓말처럼
영혼을 잃어버렸다

3부

여름의 향기

모진 숲에서 피어나
모든 액운을 못 피하고
힘든 시기 떨며 넘겨서
그런데,
넌 어디를 갔을까?

4월 벚꽃이

연보랏빛 흩날리는
오솔길로 고이 오셔요
자연을 따라
어느 벚꽃 나무에서
난 말하지 않을래요
이토록 떨리는 꽃잎
나를 스쳐 지나는 흰빛, 봄 햇살
당신에게 닿는 수줍은 입술처럼
꽃잎은 하나같이 끝없이 몰아치고요
글썽이며 잊지 못해 말해줄게요
이 모든 것이 4월 벚꽃은 사랑이에요

*순천만정원박람회

봄의 온기

들꽃에서
다정함이 지금 앉은
봄의 온기를 느낀다

모든 것이 밝을 때
너는 내게 빛
오직 하늘을 본다

영혼을 모르는
모습으로
비어있던 속이,

주위는 환한 빛
나의 헛헛한 마음을
채워 주는 봄이다

첫사랑

스며가는 저녁
겨울밤

어떻게 사랑하게 되었는지
끝내 못한 말
그대에게 썼다가
말았는데

무심한 듯 그대는
먼저 다가와
그대를 바라볼 때
달콤한 말을 주고,
사랑한다며 그대에게
붙어가는 날은 행복

뜬구름 같은 약속
재촉할 마음 없었는데
구름을 입어버린 날
이유 없이 떠나가

얼굴

우는 걸,
나는 보고서
눈물이
흐르는 것을
그만 무색해지고
단 하나뿐인
처연히 빛나던 얼굴
그대는
그 해친 얼굴 속으로
피어버린 빛을 따라서
단 하나뿐인
저무는 얼굴

뱁새

뱁새는
둥지를 떠나
힘겹게 혼잣말은 멀리
풀숲은 당부도 없이
둥지를 아프게 느낄 뿐

불행해하지도,
주눅 들지도 말라고
고마워할 줄 모르게
둥지가 비좁아질 무렵
새로운 세상 향해
아픈 작은 날갯짓으로 떠나가

요양원에서 보내는 편지

꽃샘추위에
나무 아래서
떨며 흔들리는
서늘한 안부
나비를 따라
담장을 넘어
가혹하게도
불평 없이 하얗게
피어버린 꽃봉오리
하나부터 열까지
이름을 묻지 않아도
찾아드는 개울
꿈길로 와
굽이굽이 강 따라
사연은 하나같이
슬픈 꽃향기 떠운다

수국

그 눈빛은
나를 만지듯이
금세
쉽사리 사라진다

부드러운 미소와
마음을 주었던 어느 날은
그때를
기억하고 싶은 감정이 그리워질 것이다

수국 꽃잎을 바라보는 동안
절실히 지고 있는
내려앉은 노을에
사랑한다며 물든 마음은
고개를 돌리지 않은 눈빛

생각이 생각을 하고
나를 뚫고 지나간다
보듬는 눈빛을 두고
고민한 적이 있다
사랑하는 사람을
붙잡아두지 못하고

저쪽으로 무수한 별이 있었다
별이 뜨고 사라지는 사이에
다만
내 갈리는 마음에 기대어
외로워 말고 잘 지내주길 바라는 것이다

미련

숲속으로
어디에선가
풀벌레 낮게
슬피 울어

점점 긴 밤은
하얀 바람에
떨어진 꽃잎
물 위에 비추고

그가 떠나간
그리운
불 꺼진 거리를
흐느끼며
더 바라보다가

어둠 속에서
빛바랜
대신할 수 없는
기억들은

고집을 부려도
붙잡아도
신조차 약속 없이
떠나간 이유

흘러가는 개울을
초연히 바라보며
더 행복하지 않을
버린 한 가지

여름의 향기

나비는
하늘거리는
날갯짓하고
오묘하게
노란빛으로
피어나는
꽃송이 송이
나부끼는 꽃들의
진한 향연으로
기쁘게 초대한다
자연의 정원으로
꽃이 흩날리며
변함없이
불어오는 바람
나를 매료시킨다

마치
홀린 듯이
코끝에 와
간지럽히듯
서글픈 마음까지
삶은 마음껏
낭만적이다

해변에 비치는 그림

해가 저물고
허전한 마음
감출 길 없어
물가 그리고
지는 노을을
바라보았습니다

놓치기 싫은
그에게 다가가
천천히 여름
뜨거운 끝 무렵을
조심스레 말하려고
몇 번이나 놓치기도 했습니다

수많은 사랑에는
내가 알지 못하는
어떤 영역이 있고
그날을 생각하며
그와 마주치길 기약하며
우리는 밤새 잠들었습니다

세월이 흘러가서
진심을 다해 건넨
격려의 말들은
시간이 흐른 만큼
기억해 주는 그림
그날 생각이 무수히 떠오릅니다

우리 함께 모여서

낮달이 흐릿하여도
바윗돌 하나를 내려놓은 듯
닫힌 마음이 서서히 열리고
담아 두고 늘 보고 싶은
홀가분함을 안겨 주었다

속 깊게 참으며
살아가자는 말은 또렷이
이름도 없이 떠나서
차마 부를 수도 없는
기억하려는 얼굴

너무 보고 싶은 날
가야 할 길은 흐릿하여도
산 풍경 같은
오래 붙들고 싶은
가벼운 친밀감이 스친다

온몸은 땀에 젖어
여름 꿈을 꾸어도
늘 지나는 긴 길에
전하고 싶은 말을
시를 읽으며
흘렸노라고

어디선가 보내고 보냈을
낙조의 파고드는
여운으로 떨어지고
그렇게 복닥거리는
달이 자장가가 되어
내 손을 잡고 토닥거린다

새날이 올 때까지

아스팔트 검게 타 오르고
검은 긴 터널이 어두워도

환한 빛 여인 웃는 모습
만나는 시간을 가져야 한다

헐벗은 산 메마른 땅 아래
느닷없이 내리는 비 불안해도

얼굴 표정 밝게 웃는 모습
우리는 시간을 가져야 한다

검게 가리고 침묵이 익숙해도
서로 끝없이 다독이며
사랑의 시간을 가져야 한다

갈수록 지치고 버거운 삶
새날이 환하게 올 때까지
우리는 시간을 가져야 한다

꽃은 피어날 줄만 알아서
웃음이 피어날 때까지

우리는 쓰러지지 않는
견디는 시간을 가져야 한다

치매

늘 외롭게
땡볕에 서성이다
지나가던 꿈을 좇아
해지는 줄도 모르고
여기도 좋아서
한참을 걸어가
강아지풀 피어나버린
동구 밖 너머로
어릴 적 보던
기억하고 싶은
큰 나무에게
왜 울었는지
너희들은 모를
속이 상해서 우는
아이들처럼
몸짓으로 하는 말일까

돌의 감정은

이해가 안 가는 것이 너다
차라리 나뭇잎처럼 흔들렸다면

표정마저 변하지 않을 너는
너무나도 홀로 버리며 굳건하여

네 기쁨조차도 내색하지 않으니
비에 젖고, 울고 있을 때에도

흔들렸을 나뭇잎처럼 알지 못하고,
파릇한 나뭇잎이 지듯이

먼 나라 이야기처럼
아픈 입을 다물고서
한없는 땅처럼 말하지 않고 있구나

갈색 옷을 입은 여인

사랑을 하려면
그 마음을 돌려서는 안 된다

그는 오랫동안
그 여인에게 마음을 주었다

분명 응답이 오갔고
지금은 결정하기가 어렵다

너를 안은 그 순간은
이후로도 미소로 다가오고 있었고

떨고 있는 사랑스러운 꽃
그 마음을 어루만지던 꽃

갈색옷을 입을 때가 오고
이내 응답을 드러내지 않겠지만

그래도 말없이 기다리는 안타까움,
그 여인이 마음을 돌릴까?

태풍이 지나간 다음 날

태풍이 휘젓고 지나간 자리는 보라
빛이 되는 구름과 강철같은 하늘

오늘, 세상에 다시 인사하고 싶다
이토록 환한 대낮에 불을 밝혀 놓았다

태풍이 휘젓고 지나간 자리는 보라
금방이라도 두 발로 박차고 나가고 싶다

짓눌렸던 거리의 중심은 어설픈 곳 없이
새롭게 자전거 페달을 힘껏 밟아도 좋다

큼지막한 자전거는, 한때 두려움을 태웠고
두려움 속에서도 자전거를 타고 나아갔다

세상은 이토록 저마다 가는 길은 달라도
털고 일어나 다시 목적지로 힘껏 나아가는
소중한 안부를 묻는 열망의 아침이 생생하다

거울 속에 핀 꽃

같은 꽃을 마주 보고 섰다
마치 같은 날갯짓처럼 비틀거리듯

같은 꽃을 마주 보고 선 마음은
얼굴 내민 것이 부끄럽고
꾸준히 노력한 모든 사랑을 잃을 수 없고

같은 꽃을 마주 보고서
꽃보다 먼저
힘주어 당당히 맞서달라며
여물게 살라고 당부하였다

그 마음은 붉은 칡꽃

그리웁도록 어찌 피어나
착하게도 서둘러 피어나
환상을 보듯 모두 피어나
불을 뛰어넘고 넘어
사랑하는 시간에서
좋은 기운 모두 피어나라

모진 숲에서 피어나
모든 액운을 못 피하고
힘든 시기 떨며 넘겨서
그런데
넌 어디를 갔을까?

넌 주저한 적 없이
마음으로 쭉 피어난 너를
그 마음은 나밖에 없던 것
그 마음은 충분하여
너를 서운하게 할 순 없고
말없이 담아 피어오르게 하라

고양이에게 웃을까

이 길을 아는 고양이는
내가 다니는 길을 내어 주지 않고

뚜벅뚜벅 걷더니
나를 구체적으로 쳐다보고

그냥 겁먹은 날 노려보고 선 고양이는
말이라도 생긴 것처럼

짧은 악몽 같은 괜한 표정으로 챙겨달라며
나를 구체적으로 쳐다보고

힘들겠다는 나를 버리고서
뚜벅뚜벅 걷더니

이제 끝이라는 고양이 역할을 안 하듯이
오늘 하늘 반응은 잿빛 구름을 말하고
잿빛 구름은 태양을 잡아먹은 사자 같고

나를 구체적으로 쳐다보던
이 길을 아는 고양이의
신들린 눈길은 끊기고

요즘 익숙하게 들리던
슬픈 음악도 끊기고

겁먹은 내 편린도 더불어서
하루로 달아나듯 끊겨

나는 길에서 악몽을 보았고
고양이에게도 웃을까?

가을에 도약

뾰족한 상처가 밑에서부터
쑥 올라왔다가 걸터앉았다
구름은 말이 없어도
꽃들도 말이 없어도
느낌으로 알아가고
아무래도
힘든 시간 잘 버텨줘 고맙다고,
조만간
가을 낙엽 따라서
가을 바람 따라서
애태우던 바람,
가을 무대가 시작되겠다

기차 창가에 앉아 보고

사뭇 달라진 아침에
기차에 탔습니다
기차 창가에 앉아 보고
갈바람을 보고요
기차 창가에 앉아서
하늬바람을 보고요
기차 창가에 앉아서
바람 소리 엿듣고요
기차 창가에 앉아 보고
여유로움 생깁니다
기차 창밖에서는
아침 풀벌레가 울겠지요
기차 창밖 멀리에서는
곧 가을이 오고 있겠지요

4부

초대받은 밤

내 눈에 띄었으니
참외꽃,
넌 참 어여쁘다

초대받은 밤

새벽에 일어나
가을 즈음 지나고 겨울쯤
널 따라서 간 건 나다

밤송이가 활짝 벌어져
잘 익은 밤
그냥 삶에 만족하는 정도였다면

혼자이듯이 높게 줄 매다 별송이
길 위로 한 움큼
별 같은 밤송이가 낮게 떨어지고
오직 널 향한 행복한 손길

가끔은
호숫가 산책하러 나설 때에
화롯불에 잘 익은 밤을 준비하여

화롯불에 구운 군밤은 일미여서
속 살이 부드러운 여인 같아
그대로 말 못 해 아는 그 맛

밤송이 활짝 춤추면
초대받은 것처럼
함께 행복해지는 정이 즐겁다

함께한 너에게 주고 싶은 게 있다
너무 가까이 있지 마라
나는 지금 별송이 같은 밤 주우러 간다

한낱 참외꽃

한낱 참외꽃,
참외 향기 그것은 입맞춤
무슨 명목으로 피어나

외로운 줄기에서
쓸쓸한 들로부터
아무거나 괜찮다며

먼 고적한 하늘 보며
글쎄
그런 말보다는

우린 서로를 모르지만
너를 본 적도 없지만
너를 첨 알아서 기쁘다

한 소녀의 풋풋함이
익숙한 느낌이 들고
서로가 알아가면 될 터

가만히 너를 불러보고
꿀벌이 모은 온갖 향기
한낱 참외꽃

온갖 향기 진동해도
있은 듯 없는 듯 감추어
날 닮은듯하여

가만히 보니
한낱 참외꽃,
넌 참 어여쁘다

느낄 수 있는 친밀감이
보석보다 어여쁘고
이렇게 어여쁜 줄 몰랐구나

내 눈에 띄었으니
참외꽃,
넌 참 어여쁘다

깨달음 보리

상순에 꽃이 피니
비둘기 날아들고
아름다운 때

노오란빛
가을 추수한 쌀이
다 떨어진 보릿고개

괴로움을 달래는
높은 언덕을 넘어
다 잊은 듯

겉보리
쌀보리
늘보리
찰보리

극복한 심정
희한한 감정
여물지 못해

올곧게 자라
성숙하여도
속은 비는구나

마침내
높은 언덕을 넘고
한 맺힌 삶의 피

입춘날에 꽃이 피니
한가득 보리 담아
풍년을 이루고

오랫동안
참다운 지혜가 수행이고
보리가 깨달음 자체구나

자줏빛 고구마

자줏빛 불이 오르고
고구마 넌
호 호
쪄서도 먹고
삶아서 먹고
구워서 먹고
튀겨서 먹고
각양각색 사람들이 있듯
그땐
불이 오르고
고구마 넌
찬바람 감추려
순한 맛
나 혼자 먹기 후회된다

홍시

다홍 속살이
너무도 연하여
달콤한 냄새
다홍빛깔
눈이 즐겁고,
내 모습이
풍성하여
누군가
말해주면 좋겠다

인고(忍苦)의 대나무꽃

마음이 조급하여
후회를 알고 살아가는 것이다
기척이 들리고

꼬박꼬박 사정하듯 말해
다음날, 기쁨과 불안이 동시에 몰려들어
단 한 번 낮게 꽃을 피운다더니

어제만 해도 말도 없이 안 오신
어떤 인내(忍耐)인지 만나보고 싶었으나
내가 기다리는 것은 네가 처음일 것이다

나지막하게 말하려고
먼저 도착해서 나를 기다린 청초한 마음
그리고 나를 믿어 이 자리에서
죽도록 침묵하여 인고(忍苦)로 피어나
단 한 번 고백하려 꽃을 피운다더니

저 높은 첫 번째 휘지 않은 겨울에
저 높은 첫 번째 일제히 피어난 신비로운 꽃
계절이 솔직하여

한줄기 곧게 우아하기가

이제 와서 약속을 지켜주는 것 같아

한참을 참았던 눈물로, 위로를 나눴다

기억의 대나무

날 때부터 다르더니
유일하게 터트려 살아남았구나
나서지 못해 안달이더니

부딪쳐보면
넌 왜 특별하고
왜 특별해서는
그렇지만, 못 보내겠다

너를 보고서
종일 당황하여 울었고
훗날 얼마나 외치고 싶었던지
왜 그러냐고 묻기에 말하였다

남자가 그토록 서럽게 우는 모습은 처음 보았고
또다시 눈물을 터트릴 바에는, 살아야겠지
일부러 떨어지는 꽃잎을 때려
다 같이 죽을 수밖에

너를 안 후로
단단한 말을 건네고
하루에 다(多) 자란 말을 보내고
곧대로 죽을 말을 소진하여

기꺼이 함께해 주지
예의상일지도 모를 말이
나도 살아오던 일상에
감동하였다고 고백하고 싶어라

격정(激情)의 골목길

어릴 때부터 퉁퉁 부은 골목에서 살았다
그날 저녁은 바닥을 뒹굴던 고양이

난 너무 좋아서
밤새 한숨도 못 잤고
그 골목에서 난 고자질하였다
일단 억울해도 넘어간 후
보려 했는데, 그런데
이사 갔더라
하룻밤 새
온 식구가 다 사라졌더라
나를 개의치 않고

다음날 일찍 일어나
속 좁은 여름이 가고, 퉁퉁 부은 골목에서
일단 억울해도 넘어간 후
나중에 날 혼낼 일 없으니
다만
어디서 본 것 같은데

다그치지도 않았는데
혈관이 거꾸로 흘러도
그리 마음이 급해?

내가 돌아오고
밖으로 안 나돈다고 해도
날 떼어놓으려 했지만
난 죽어라 동굴 같은 퉁퉁 부은 골목를 따라다녔다

하루는 날 동굴로 데려가
술래잡기하자며 숨으랬는데
이웃집 골목을 졸졸 따라다녀
하지만 저녁이 되도록 오지 않았다

그곳은 어둠뿐이고
난 길까지 잃었었다
결국 길을 아는 고양이가 날 찾아냈고,
아버지가 그렇게 화내시는 것도 처음 봤을 때가
그 격정의 동굴 같은 골목이었다
참 이상하게
숨을 곳부터 찾지 않고

골목으로 들어설 때는
끝까지 말 안 했다

뜻대로 안 되던 그 골목에서
한 번만 이기적으로 굴어야지
번번이 널 피하고 밀어내도
이웃집 오라버니에게 정이 깊었나 보다

*격정(激情): 강렬하고 갑작스러워 누르기 어려운 감정

치매 2

알고 있잖아요
이미 아시잖아요
제정신이 아니라잖아요
제 말은 안 들리세요
어떻게 엄마가
잊어버리고

오늘은 그냥 잘 주무세요
앙상히 말라가는 한마디
"몰라"
지독한 고독은 감추어진 기억

당신의 삶은 "고맙습니다"

말간 물 똑똑 떨어지게
키워놨더만, 거짓말처럼 되부렀다
사람 헷갈리게 몸 구석구석 땀범벅

함정 속 사랑이란

떠오르는 것을 붙잡아
뿌옇기만 한 낯선 서로를 믿어

떠오르는 것을 맞잡아
일어나지 않을 아침에 입술로

도통 어떻게 시작할지
대체, 무엇인지를 모르겠는 때

와닿는 망막한 피 서린 눈동자 틈에서
감추고 있는 숱한 파열한 그 틈에서

그대의 어딘가 깊이 건드리고
난롯가에서 기다렸다는 듯

별들의 살길을 묻히는 일은
이미 서로 떠오르는 것을 붙잡아,
내 안으로 감겨가

살길이 가을에 있을 테지
유독 함정 속 그대와 하나 되고 있다면
그대를 생각하면 함정 속 사랑이리라

위로가 되어다오

하룻밤 볕에 그을린
인생의 무게만큼 잔인한 계단이 되어

그녀가, 그대에게 말하고 싶다고
그녀가, 귀찮게는 하지 않으려고

모퉁이도 계단을 헉, 헉,
그러려고
죽어라 참고 또 참았다며

다시 만나면
멈추지 않을 계단을 오를 수 있느냐고

캄캄한 밤을 올라
뒷일에 감당을 어찌 말하고

골목을 돌아 취하여 돌아
때로는, 그녀가 그 캄캄한 밤을 숨 다하여 올라

그대여, 내게
앞만 보고 오르라고, 꼭 말하여 다오

숨김은
싫다는 뜻이고

그녀의 마음은 이리도 확고해
그대여, 위로가 쓰러질 때가 아니라오

시골집에서 본 텃밭

추석이 당장도 아닌데요
집 안 곳곳은 반가움으로 가득합니다

낮은 곳에서 올라와도요
집을 보러 오라는 텃밭 주인공들이요

자연이 어루만지던
반가운 기쁨을 동시에 옮겨옵니다

만난 지 하루밖에 안 됐는데요
땀을 흘리지도 않고 대화를 하자는
빼곡히 소유한 도돌이표 같습니다

한 땀 한 땀
만난 지 하루밖에 안 됐는데요

쨍쨍한 햇볕 들어
서로의 믿음이란
돌이켜 보면, 자체가 반가운 것입니다

맑은 말 하나

오늘은 날씨가 좋아서
튀어 오르는 맑은 말 하나
화사하게 듣고 싶습니다

대뜸, 생각 없이 맑은 말 하나
부드럽게 듣고 싶습니다

통틀어 떠오는 맑은 말 하나
부지런히 듣고 싶습니다

얼결에 고개를 끄덕이는 말
그날따라 유난히
온 세상을 뒤덮은 흰빛

엉엉 울면서 그때는 몰랐지요
움직이는 마음은 늘 맑은 말 하나

모든 가슴에서
감미로운 맑은 말 하나가
세상 가장 가까운 말이겠지요

그 님 숨소리

나뭇잎 소리 사그락
그 님의
나뭇잎 소리 파고들 때면

나뭇잎 소리 그 님 숨소리
그 님의
마음은 나뭇잎처럼 흔들려

깊은 산중 들려오는 숨소리
눈물 같은
고요한 나를 흔들어

바람결에 흔들어대는
고립된
가을의 억새 소리마저

찬찬하고 단아한 나를
그 님은
살갑게 흔들어 놓고는

나뭇잎 소리 그 님 숨소리
그 님이
지금 곁에 함께한다면

가을을 걸어

하늘이 조용하여
나뭇잎이 무작정 서러
나뭇잎이 단지 한 걸음이면
지상의 나뭇잎이 단지 한 걸음이라면

피와 실로 이뤄진 게 너라면
나뭇잎이 단지 한 걸음이라면
펄펄 날아서 지평선을 떠나
단지 한 걸음이라면

바람이 잔잔해지고
나뭇잎이 물결치고
걱정 없이 몰려와
하늘의 뜻

가을을 걸어
시련 없이 순조롭게
출렁출렁 나뭇잎이 숲을 꿈꾸어
조용한 들녘으로 가을이 나른다

유혹하는 코스모스

나와 눈이 마주치고
너를 생각하지
않을 수 없고

바람에 코스모스
네가 흔들릴 때마다
내 마음처럼 흔들릴 때

나는 처음부터
너의 유혹에 이끌려
딱 하나의 가지로 핀

곁에 있는 넌
다시 한번
나를 사랑에 빠뜨렸구나

붉은 태양이 오를 때

나를 손대지도 않고
빨갛게
나를 붉게 만드는 넌

대지 위로 붉게 오르며
다가와
이른 마음을 비추려 하고

고난을 이겨가는 여인이
웃어 주는 얼굴 같아
맴도는 아름다움이고

아끼지 않고 향하여
조심스러움에
내 마음 덤으로 붉어져

세상에 누가 울어도
휭하게 바람이 지나가도
고장 난 시계가 망가져도

마지막으로 가는 사람은
우겨대보아도
뭉개져 버린 꿈

형체를 알아볼 수 있는 건
빨갛게 오른
너의 이름을 불러보는 순간

가을이라는 계절
붉은 태양이 매 순간 오를 때
너를 잊은 적 없어

변변치 못하게 살아도
제 자리에 있는 내게
얼른 붉은 새 옷을 입히고

이기적인 너는
나를 세상 위 붉게 올려
바쁘게 세수를 시키누나

생각만 해도 터질 것 같은 넌
붉게 붉게
날 붉게 울리지 마라

소리 내지 않는 고통의 등

어느 날
마음 한 자락 불빛에 비추어
그대를 조용히 잡아주고 싶었습니다

저 너머 들녘에
찬바람이 초원으로 불 때면
그대 뒷모습은 그토록 불행하였습니다

같은 날이 갈수록
그대의 따스한 등은 구멍이나
뚫린 듯 굶주린 소리가 들렸습니다

저는 더럭 겁이 나
떠오르지 않는 검은 등을
그림자 속에 잠겨 쓰다듬고 있습니다

소리 내지 않는 고통의 등은
뜨거운 불덩이가 솟구치는
사라진 태양 같은 열병입니다

그대를 향한 제 마음은
며칠 며칠을 기다려서라도
심장을 안듯이 그대의 등을 안고 있습니다

말없이 바위를 뚫고 있는
제 심장은 숨이 다 멎도록
그대 고통의 등을 사랑하며 안을 수 있습니다

꿈속으로 찾아와

꿈속을 떠날 때
누군가 나를 지켜보고 있더라

꿈속을 아직 떠나지 않을 때
그는 나에게 이렇게 말했다

당신을 만나러 왔다고
당신이 만나주어야 한다고

그는
바보 같은 문에 기대어서는

그리고
나는 조용히 그에게 말했다

나는 먼 여행을 떠날 준비를 하였고
나는 먼 여행을 갈 곳이 생겼다고

그러나
그는 끝내 비켜서지 않고 있더라

나는 꿈속에서 조용히 깨어나고
열매를 따 먹듯 사과 한 입 베어 물었다

가을빛 저녁 하늘은

고개를 젖히고
올려다본 붉은빛 하늘

하늘 위 스스로 영롱한
빛나는 보석을 보는 건

그것은
우리 마음속에 소중한 시간
그걸 잃으면 방황하는 시간

저토록 하늘빛이 붉어
이름다운 때에는
꼭 수줍게 웃는 장미를 닮아

가을빛 붉은 저녁 하늘은
누구에게나 아름다운 시간
우리는 온통 설레기 좋아라

바라만 보는 먼 님

발아래 길로 걸어가
밤 별을 만나러 걸어가

외로운 하늘에게
어떻게 갈 수 있을까?

진심으로 걸어가면
길은 다 발아래 생겼는데

너에게로 달려가는
길은, 땅속에 뿌리박은 일처럼

나는 길을 잃지 않았는데
나는 길을 외우고 있는데

길은 내려앉은 듯
더디고, 바라만 보는구나

낡은 너와집 골목에서

낡은 낙엽이 집 밖으로
의지할 데 없이
내몰리는 새벽바람에

낡은 너와집 골목에서
두려움 없이
담배를 물고 지나가는 남자

낡은 너와집 사이로
내색하지 않으며
담배 냄새 밴 길 따라서

낡은 너와집 지붕 냄새인지
한숨도 눈물도
담배 냄새가 뭉쳐서인지

낡은 너와집 지붕 위로
혼자 뒹구는
담배 불씨 같은 태양이 오르고

낡은 너와집 골목에서
낙엽이 지듯이
담배 식은 냄새는 사그라져

너는 시가 되어

마음 가는 데 없고
머리맡에 두고 본
전에 시집은 거렁뱅이

혹독하게도
너를 만나는 순간
나는 시가 되었고

사무치는 눈물로
너는 나만큼 시가 되어
너는 슬픈 언어가 되어

슬퍼 치욕적인 밤
너의 숨은 멎도록
나의 숨은 멎도록

추억은 시간으로
영영 못 잊을 얼굴로
은갈치 파도가 덮친다

늦지 않게 온 사랑

이 밤중에
아미가 아름다운 여인이
샴페인을 마시자고 내려와

지금은 좋은 때가 아니라며,
쓸쓸히 사랑이 죽은 것 같은 내게
흠뻑 젖은 늙은이에게도 거친 비는 내리고

무릎을 꿇고 거친 땅에 용서를 빌었더니
늙은이의 외로웠던 시선은
꽃을 든 땅은 기쁨이 되었고

부탁인데
사랑을 어그러뜨리지 않겠다고,
늦지 않게 내게 온 사랑을 소리 내어 부른다

군고구마 먹던 아이가 자라서

천년만년 올려다볼
가을 금빛 하늘

아이가 목청껏 울어
엄마도 서글퍼 울어

시골집 어느 날 눈뜨자마자
아이도 엄마도 망각하고 얼른 웃어

들녘이 보이는 정지에서
마른 쇠똥으로 불을 지펴 구운 고구마

돌아서면 이내 허기를 못 감추고
군고구마 마파람에 게 눈 감추듯이 먹고는

엄마는 아이에게 종종
시커멓게 할 말이 없다가도

부질없는 불빛만 보여도
구름 같은 연기처럼 얽힌 이야기가 되고

살랑살랑 주인 없는 밭에 부는 바람은
서리한 콩을 구워 먹느라 얼굴은 숯검정

철없는 아이의 모습에 옅은 한숨이나
꽃잎 깔리는 낙엽 눕는 마당, 사춘기 아이는
어느새 치켜올려 보아야 했으리

노르웨이에서

기적이 열리고
포수가
태양을 향해 쏠 때

나만의 모습은
보여지는 경이로움
축복의 노르웨이에서

마주한 모든 것마다
기적이 열리고
생각이 열리고

바람을 타고
사랑의 황금빛
날아들어 수놓는다

나무 하나 이야기

햇살이 비추는 아침
어린 나는 어린 나무 하나 심었다

시간을 내어 자유롭게 물을 주고
찬바람이 불기 시작할 즈음부터
어린 나무 하나 잎이 무성하여서
다가가 넋 놓고 바라보기 좋았다

어린 나무 하나 곁에는
햇살이 비추어 초록 잎 파티 같아
다시 그대와 함께
술잔 기울일 날 있기를 바라며

반복되는 음악이 흐르고
어느덧,
그토록 무성하던 초록 잎이 떨어져
우리는 말도 없이 늙어가고 있다

겨울 파도

무엇인가를
가지고 싶은 마음
마지막 희망

하얗게
쌓이고 쌓여
바라보다가

떠밀려
사랑한단 말을
안고서

마주하고
울어야 들린다면
부서지는 수밖에

시적화자가 적시한
사랑학의 진실 탐색

김송배

(시인, 한국시인협회 심의위원)

시적화자가 적시한
사랑학의 진실 탐색
-허영화 시집 『서로가 가던 길에서』

김송배
(시인·한국시인협회 심의위원)

1. "나"와 "너"의 진정한 교감의 발원

　현대시의 창작과정에서는 persona(話者)가 곧 나와 너 또는 우리 등의 인칭대명사로 문장 구성에 드러난다. 자아(自我)나 대아(大我)의 진정한 교감을 통해서 "나"가 "너"에게 보여주거나(showing)거나 들려주는(telling) 형상들이 작품으로 발현하면서 어떤 상황을 설정하게 되고 여기에서 상호 내면에 잠재한 인간적인 대화가 성립하는 시법을 많은 시인들이 선호하고 있는 것이다.

　허영화 시인도 이러한 화자를 통해서 그동안 쌓였던 의식의 흐름을 아주 세밀한 어조(語調)로 적시하면서 그가 분사(噴射)하고자 하는 어떤 진실을 토로한다. "나"와 상대의 정감(情感)에서 발원하는 다양한 심리적인 관념으로 현현되고 그가 표면적으로 전하고자 하는 소회(素懷)가 무엇인지를 읽을 수 있게 하는 것이다.

　이처럼 "나"를 시어(詩語)로 자주 대입하는 것은 어쩌면 그

시인의 진솔한 고백적인 언술로 보여서 자신의 독백이나 넋두리로 흘러버릴 염려가 따르기도 한다. 다시 말하면 너무 많은 나에 대한 언급이나 어조의 교환은 이러한 푸념에서 작품을 이해하려는 우려가 있음을 참고로 해야 할 것이다.

그러나 이러한 자신에 대한 스스로 메시지를 보내려면 먼저 자기를 인식해야 하고 거기에서 인식된 자아가 삶과 상관한 모든 문제들을 다시 확인하고 성찰하는 자신만의 철학이나 가치관이 필요하게 된다.

여기 허영화 시집 『서로가 가던 길에서』를 일별하면서 이러한 관점을 먼저 제시하는 것은 자신과 대칭하는 "너" 혹은 "당신", "그대" 등의 화자와의 대화나 묵시(黙示)하는 메시지들을 대체로 그와 가장 근거리에서 소통(疏通)하는 어조를 읽을 수 있기 때문이다. 그는 "내가 하고 있는 말이 모자라다며 / 계산을 더 요구하는 그이의 말투, / 검은 장막처럼 점점 크게 들려와 / 나를 핏기 없는 젖은 모래로 만든다(「바보라고 할 수도 없고」 중에서)"라고 상대방(또는 그대-너)에게 핀잔을 던진다.

마음 가는 데 없고
머리맡에 두고 본
전에 시집은 거렁뱅이

혹독하게도
너를 만나는 순간
나는 시가 되었고

사무치는 눈물로
너는 나만큼 시가 되어
너는 슬픈 언어가 되어

슬퍼 치욕적인 밤
너의 숨은 멎도록
나의 숨은 멎도록

추억은 시간으로
영영 못 잊을 얼굴로
은갈치 파도가 덮친다

- 「너는 시가 되어」 전문

허영화 시인은 "너=시"라는 등식을 성립시켜서 너라는 의인화로 시를 말하고 있는 것이다. 결국 그의 상대 너는 작품 자체임을 이해하게 되는데 시집 전체에서 감응(感應)할 수 있는 "너"는 또 다른 이미지를 포괄하고 있어서 그의 정서나 사유(思惟)의 깊은 내면에는 다채로운 현상의 시적 상황이 설정되고 그 전개 방식도 다양하게 적시되고 있는 것이다.

그는 옛날에 본 시집은 거렁뱅이였으나 지금은 시를 만나는 순간 자신도 마침 시가 되었다는 어조로 그는 혹독하다고 했으니 시야말로 "사무치는 눈물로 / 너는 나만큼 시가 되어 / 너는 슬픈 언어가 되어 // 슬퍼 치욕적인

밤 / 너의 숨은 멎도록 / 나의 숨은 멎도록" 너에 대한
연민의 상황은 안타깝게 지속된다.

　①너에게로 달려가는
　길은, 땅속에 뿌리박은 일처럼

　나는 길을 잃지 않았는데
　나는 길을 외우고 있는데

　길은 내려앉은 듯
　더디고, 바라만 보는구나

　ㅡ「바라만 보는 먼 님」 중에서

　②이기적인 너는
　나를 세상 위 붉게 올려
　바쁘게 세수를 시키누나

　생각만 해도 터질 것 같은 넌
　붉게 붉게
　날 붉게 울리지 마라

　ㅡ「붉은 태양이 오를 때」 중에서

③바다를 바라보듯 바라보고
너의 연록 빛 마음은 모르고

나라는 한 존재로 불안하여
그 손등이 나를 찾아올 때까지

손가락을 꼽아 보아도 모자라
고민은 머릿속에서 맴돌 뿐이니

—「붉어진 손등」 중에서

　허영화 시인이 '나와 너'의 사유로 전개하는 스토리나 귀결하려는 주제는 앞서 살펴본 사물의 의인화와는 약간 다른 양상이다. 위에서 감지할 수 있는 화자는 ①에서 "먼 님"이라는 구체적인 대상을 적시함으로써 그 실체성이 나와 상관하는 그대(혹은 당신)의 님이라는 유추가 가능해지는 것이다.
　작품 ②에서는 "이기적인 너"라는 어조에서 "나를 손대지도 않고/ 빨갛게/ 나를 붉게 만드는 넌"이라는 상황 설정이 결국 "날 붉게 울리지 마라"라는 단정적인 훈계로 상대의 의식을 확인하고 있는 것이다. ③에서도 사랑을 향한 불안한 "나라는 한 존재"에 대한 넋두리를 풀어놓고 있으나 그는 "사랑한다고 사랑한다고… / 꿈을 다시금 쫓아가고픈 행복이리"라는 확신으로 자신의 소회를 마무리 짓는다.

다만, 그는 제재를 왜 "붉은"이라는 형용사로 작품을 토로했을까 하는 의문이 남는데, 이는 일찍이 러시아 형식주의 비평가 쉬클로프스키의 낯설게 하기라는 이론과 같은 약간 생소(生疎)한 표현으로 시적 은유의 시법을 응용하고 있어서 흥미롭다.

이 밖에도 작품 「그리고 당신은」「연애는」「첫사랑」「얼굴」「함정 속 사랑이란」「위로가 되어다오」 등등에서 '그대', '당신' 등의 화자가 의인법으로 적시하거나 직설적으로 그의 저의(底意)를 표면화한 현상을 간과(看過)할 수 없을 것이다.

2. 그리움과 기다림의 애절한 이중주

우리는 살아가면서 운명적으로 어떤 인연과 직면(直面)하거나 주변 환경을 수용하게 된다. 이에 따라 인생의 동반자적인 여건이 형성되어 긍정적으로 적응하거나 배척하는 두 갈래의 행보를 이해하게 되며, 이런 인생행로에 수반하는 여건들에 따라 그리움과 기다림이라는 함수를 심적으로 깊이 간직하게 된다.

이 그리움은 어떤 대상을 좋아하거나 곁에 두고 싶지만, 어떠한 사연으로 서로 헤어진 상태에서 애타는 심리적인 안타까움으로 불면의 밤을 겪는 보편적인 사유에서 작품으로 형상화하는 경우가 많다.

이웃집 울타리 넘어

뒤돌아보지 말 것을

바람이 어지러운데
얼기설기 둘러친
새움이 돋는 감정

눈길을 걸어오다
고향집 지키던
보름달 빚은 감정

착잡한 마음은 겨울
지붕 위 끝자락을 붙잡고

허공에 몸을 펄럭이며
그리움 두고두고 어이할까나

― 「달」 전문

　이 시집 전체의 흐름으로 보아 허영화 시인이 평소에
간직한 사랑에 대한 불망(不忘)의 정감이 너와 혹은 그대
라는 인칭대명사로 절규하듯이 분사하고 있는데, 이는 그
의 사랑의 대상에게 애절하게 보내는 메시지에 상당한 설
득력이 있어 공감의 영역을 확대하는 것이다.
　그는 이러한 전개는 그리움이라는 공통점을 읽을 수 있
는데 작품의 이미지가 위의 "달"과 같이 한 사물에서 투

영하는 감정을 발현하고 있어서 시적인 형상이 잘 현현되고 있음을 이해하게 된다. 이처럼 사물의 은유적인 처리로 사물과 관념의 상호 교감을 통한 표현 방법은 현대시 창작에서 다수 응용되고 있어서 관심이 집중되는 것이다.

또한 이와 같은 작법(作法)은 앞에서 말한 보여주기와 들려주기를 병용(竝用)함으로써 표현의 묘미를 높이는 동시에 주제의 명징성(明澄性)을 더욱 확실하게 정립하여 우리들의 시 읽기를 유도하고 흡인한다. 이러한 시법은 작품「찻집에 앉아」에서 "그토록 아름다웠지만 / 저렇게 시들 텐데 / 그리고 난 오늘을 그리워하며 / 사랑스럽게 애태우겠지",「애쓰며 피는 꽃」중에서 "창밖으로 무작정 퍼지는 / 저무는 그리움은 부대낌 // 소박한 마음 실은 완행열차 / 나를 울리며, 마주 놓였다" 그리고 「그녀는 첫사랑」에서도 "수없이 떠올리며 / 영혼을 싣고 / 그녀의 머리카락을 / 얼마나 그리워하게 될지"라는 어조로 그리움에 대한 그의 의지가 다채롭게 전개되고 있어서 그가 진정으로 그리워하는 연유가 무엇인지를 이해하게 되는 것이다.

지금도 내 눈빛, 발아래
밟히는 허물마저도 묻혔던
그 첫사랑 설레는 마음인지

가까이 안겨 영원토록
너무나 붉게 반짝여서
입꼬리 당기며 웃음 짓는

꽃 한 송이 빼닮아

기다린 그대는
마침내 떠나지 못해
낮게 저무는 붉은 눈물
아리게 흘려보내고 말겠지

一「노을」전문

　이와 같은 그리움의 언저리에는 반드시 기다림이라는
타동사의 행위가 따르게 된다. 이 그리움의 원류는 어떤
상황이 변해서 화자 "나"를 초조하게 기다리게 하는 요소
를 제공했다. 이 제재 "노을"이 적시하는 것은 "첫사랑 설
레는 마음인지"라고 단정하기는 어렵지만, "기다린 그대"
라는 화자가 감내(堪耐)하는 의식은 "낮게 저무는 붉은
눈물 / 아리게 흘려보내고 말겠지"라는 결론으로 마무리
하는 것이다.
　그의 작품 「빨간 길 위로」에서 "내게 재촉할 수 없는
모습은 보이지 않고, / 사랑은 따라오는 내내 기다릴 수
있는 것 / 사랑은 갈구할수록 순간 바람이 되는 것" 그리
고 「3월을 기다리며」에서도 "아무래도 / 봄 햇살이 아는
처연한 그대가 궁금해서 한번 가보려고요 / 삼월에 움 틔
우는 꽃봉오리는 두근거리는 가슴으로 기다리고 있을 것
같아서요"라는 애절한 기다림의 호소는 우리들을 더욱
애타게 하는 공감을 유로(流露)한다.

허영화 시인은 내면의 관념적인 이미지를 외적인 사물, 즉 달이나 노을 등에서 그 의미를 부여하고 그 사물이 제시하는 속삭임을 경청(傾聽)하며 자신의 지론(持論)을 진실로 투영하는 시법을 높이 수용한다.

3. 계절 이미지와 사색의 인생론 탐색

허영화 시인은 다시 계절의 시간성 변화에 민감하다. 사계절의 섭리(攝理)에 대한 이미지를 투영함으로써 친자연적인 감응이 작품으로 형상화하는 경우를 다수 대하게 된다. 이는 계절의 변화에 따라서 만유(萬有)의 자연 생물들도 형상을 달리하는 데서 시인들이 감지하는 감성이나 자연이 들려주는 진리를 그는 겸허하게 순응하는 것이다.

어둠 속에서
들고양이 노랗게 익은
달을 따 안고
봄비 맞고 있다
촉촉이 봄비 내리는데
오랜 상처는
버려지고 버려져
나는 나를
봄비 맞으며
던져 버리고

마주 보던 달
내가 싫은 것이
아니라면
꽃봉오리 채로
버려진 꽃은
다시
보고 싶어질 것이다

— 「봄비 일기」 전문

먼저 봄에 대한 이미지를 다양하게 투영하고 있는데, 봄
비에 대한 그의 정서가 "어둠 속에서 / 들고양이 노랗게 익
은 / 달을 따 안고 / 봄비 맞고 있다"는 상황 설정에서 생
소한 언어, '어둠과 들고양이', '노란 달'이 이 봄비와 상관성
을 가늠하기는 상당한 유추가 필요하다. 그가 즐겨 사용하
는 낯설게 하기의 한 방법인지는 모르겠으나 기(起)에 이어
승(承)에 해당하는 "촉촉이 봄비 내리는데 / 오랜 상처는 /
버려지고 버려져 / 나는 나를 / 봄비 맞으며 / 던져 버"렸다
는 어조는 봄비가 상징하거나 비유하는 이미지가 어떤 절망
이 내재된 심정의 여운이 아닌가 생각되기도 한다.
다시 그는 "내가 싫은 것이 / 아니라면"이라는 가정법
으로 자신의 비하(卑下) 즉, 마지막 결론처럼 "꽃봉오리
채로 / 버려진 꽃은 / 다시 / 보고 싶어질 것이다"라는 여
운에서 봄비라는 이미지보다는 봄비 내리는 날의 일기에
불과하다. 앞에서 말한 그리움이나 기다림의 두 유형의

축약된 함의(含意)가 있음을 이해하게 되는 것이다.

그는 "이토록 떨리는 꽃잎 / 나를 스쳐 지나는 흰빛, 봄 햇살 / 당신에게 닿는 수줍은 입술처럼 / 잎은 하나같이 끝없이 몰아(「4월 벚꽃이」 중에서)"친다는 어조와 같이 봄 햇살과 수줍은 입술 등이 꽃잎과의 상관성을 구명(究明) 하고 있는 것이다. 그의 작품 「봄이면」 「늦은 4월 오후」 「봄의 온기」 등은 미국의 사상가 에머슨의 말대로 봄철의 모든 숭앙(崇仰)은 사랑으로 연결된다는 봄의 향훈이 사 랑으로 넘치는 마력을 가지고 있는 것이다.

①자연의 정원으로
꽃이 흩날리며
변함없이
불어오는 바람
나를 매료시킨다

― 「여름 일기」 중에서

②가을을 걸어
시련 없이 순조롭게
출렁출렁 나뭇잎이 숲을 꿈꾸어
조용한 들녘으로 가을이 나른다

― 「가을을 걸어」 중에서

③어느덧,
그토록 무성하던 초록 잎이 떨어져
우리는 말도 없이 늙어가고 있다

―「나무 하나 이야기」 중에서

　허영화 시인은 사계절의 이미지를 그의 시야가 착목(着目)하는 곳마다 모두 섭렵하고 있다. 지면상 간략하게 살펴보면, 여름에서는 봄에 생성한 생명들이 이제 왕성한 자태로 활기 넘치는 계절의 향기가 자연 정원에서 만끽(滿喫)하는 꽃잎과 바람의 매료(魅了)에서 그는 "서글픔 마음까지 / 삶은 마음껏/ 낭만적이다"라는 결론에 이르고 있는 것이다.
　한편 가을은 오곡백과가 무르익는 결실의 계절이다. 그는 시련 없이 순조로운 가을 길을 걸으며 조용하게 명상하는 성숙의 성찰의 이미지를 투영하고 있는 것이다. 그는 사계절 중에서 가을에 대한 작품을 많이 분사하고 있는데「가을빛 저녁 하늘은」에서 "가을빛 붉은 저녁 하늘은 / 누구에게나 아름다운 시간 / 우리는 온통 설레기 좋아라"는 소녀적 감성어린 어조는 가을에 느껴보는 감상주의의 낭만이 흐르고 있는 것이다.
　이 밖에도 가을에 관한 작품은「가을 바람」「가을 버스정류장」「가을에 도약」「석양의 빛」「비밀 하나」등등에서 그는 가을의 "허전한 가슴 비로소 채우"고 있는 것이다. 다시 그는 "우리는 말도 없이 늙어가고 있다"는 의식의 흐름에서 무성하던 초록 잎이 모두 떨어지고 없는 겨울의 황량한 이미지가 잘 부각(浮刻)되고 있어서 측은한 인생사가 겨울 계절에 재생하고 있는 것이다.

4. 자연에서 탐구하는 서정적 자아

허영화 시인은 춘하추동 계절의 순환에서 생성하는 자연현상에서 특히 화훼류(花卉類)에 대한 미적인 감성을 형상화하는 시법을 많이 도입하고 있는데 항상 아름다운지 상쾌한 향기를 제공하는 꽃에서 먼저 정감적인 서정적 자아를 탐구하는 그의 내면을 읽을 수 있게 하고 있는 것이다.

그는 이러한 꽃들에 대해서 꽃전설이라든지 꽃말이라는 전래적인 어휘에 귀 기울이지 아니하고 사물의 의인화라는 시법을 적극 활용한다. 꽃이라는 사물에게 추상개념의 인격적 요소를 부여해서 표현하는 수사법에 익숙하여 은유의 특별한 한 형식으로 많은 시인이 작품에 대입하고 있는 것이다.

그는 꽃을 찾아서 멀리 자연 속을 헤매지 않고 먼저 자기 집에 널려 있는 화초에서 다음과 같은 감응을 확인한다.

솔솔 솔 뿌려주면
새벽엔 이슬이 송송

말 안 해도 다 아는
집에 오다 쳐다본 달처럼
활짝 펼친 초록 마을
먼저 좋은 소식 전해준다네

너와 나 기분 좋은
사랑이 환하게 움트고
나의 유년, 설레며 수줍게
나란히 웃기만 하던
그 예전 조그마한
얼굴이 예뻤던 옛 동무처럼

— 「우리 집 화초」 전문

　그는 새벽이슬이 송송 맺힌 꽃잎이나 "집에 오다 쳐다본
달"과 "초록 마을"은 그의 "유년시절, 설레며 수줍게" 웃던
"옛 동무"처럼 다가와서 "사랑이 환하게 움트"는 좋은 기
분을 전해준다. 그가 갈망하는 사랑의 진실을 바로 여기,
그의 집 화초에서 발견하고 다시 음미(吟味)하는 것이다.
　작품 「거울 속에 핀 꽃」 중에서도 "같은 꽃을 마주 보
고서 / 꽃보다 먼저 / 힘주어 당당히 맞서달라며 / 여물
게 살라고 당부하였다"는 꽃과의 대화에서 그의 진솔한
서정성이 발현된다. 우리의 안재홍 사상가도 "꽃은 봄의
중추요, 생명의 표지라. 탐화봉접(貪花蜂蝶)이란 말이 있거
니와 꽃을 탐내는 것은 꿀벌뿐만 아니라 무릇 생명을 가

지고 생명을 예찬하는 자 누구든지 꽃을 좋아하리라"는
말로 꽃과 생명의 예찬을 강조한 바 있다.

　수국 꽃잎을 바라보는 동안
　절실히 지고 있는
　내려앉은 노을에
　사랑한다며 물든 마음은
　고개를 돌리지 않은 눈빛

　생각이 생각을 하고
　나를 뚫고 지나간다
　보듬는 눈빛을 두고
　고민한 적이 있다
　사랑하는 사람을
　붙잡아두지 못하고

　저쪽으로 무수한 별이 있었다
　별이 뜨고 사라지는 사이에
　다만
　내 갈리는 마음에 기대어
　외로워 말고 잘 지내주길 바라는 것이다

　―「수국」 중에서

그의 수사법(rhetoric)은 아직도 변하지 않고 이 "수국"에서도 불변이다. "그 눈빛은 / 나를 만지듯이 / 금세 / 쉽사리 사라진다"는 상황 설정과 함께 "생각이 생각을 하고 / 나를 뚫고 지나간다 / 보듬는 눈빛을 두고 / 고민한 적이 있다"는 어조에 이해할 수 있듯이, 이 수국이 적시하는 "사랑하는 사람"의 변치 않는 사랑("수국"의 꽃말)은 그는 "내려앉은 노을에 / 사랑한다며 물든 마음은 / 고개를 돌리지 않은 눈빛"으로 그의 사랑을 정리하고 있는 것이다.

그는 결론으로 "내 갈리는 마음에 기대어 / 외로워 말고 잘 지내주길 바라는 것이다"라는 균질화(均質化)한 상상으로 수국을 노래하며 공감의 영역을 확대한다. 그가 투영하는 꽃에 대한 이미지는 대체로 다음과 같이 살펴볼 수 있다.

—헤어진 것을 잊을 만큼 소복 같은 별꽃은 내리고 / 그립던 하얀 별꽃은 그 눈동자 그대로 아름다워 / 더듬어 보아도 머물고 싶은 다홍색 불빛 / 울컥한 마음을 달래주기라도 하듯이 내린다(「다홍빛 별꽃」 중에서)

—오늘처럼 빛의 무지개를 / 타고 높이높이 올라가 / 그대를 가만히 기다리고 있다 (「석류」 중에서)

—그 마음은 충분하여 / 너를 서운하게 할 순 없고 / 말없이 담아 피어오르게 하라(「그 마음 붉은 칡꽃」 중에서)

—한 줄기 곧게 우아하기가 / 이제 와서 약속을 지켜주는 것 같아, / 한참을 참았던 눈물로, 위로를 나눴다(「인고의 대나무꽃」 중에서)

—곁에 있는 넌 / 다시 한번 / 나를 사랑에 빠뜨렸구나

(「유혹하는 코스모스」중에서)

　―우린 서로를 모르지만 / 너를 본 적도 없지만 / 너를 첨 알아서 기쁘다.(「한낱 참외꽃」중에서)

　허영화 시인은 자연을 사랑하고 그리고 나를 사랑하는 서정시인이다. 이전에 출간한 두 번째 시집『말을 잊은 상사화』에서 들려준 그의 진실은 이번 시집『서로가 가던 길에서』로 심화된다. '나의 상상력은 하해(河海)와 같으나, 언제부터인가 말을 잊어버린 상사화가 되고 말았다'는 그의 언로(言路)가 참으로 측은하다. 그럼에도 불구하고 그는 만유의 사물을 매개체로 해서 자신의 할 말을 전하고 있으며 동시에 외적인 자연 현상에서 많은 전언(傳言)을 듣는 인격을 가지고 있어서 크게 염려할 일은 아닌 듯하다.

　"쩔쩔매는 말 / 망신 당하는 말 / 실수하기 좋은 말 / 그리고 / 공연히 걱정스러운 / 하고 싶은 말 하러, / 자욱한 / 커피는 내 마음(「커피는 내 마음」전문)"은 진정한 고백이다. 그동안의 고뇌어린 언어들을 정리하고 그가 지향하는 시적인 의미와 정서의 범주가 명민(明敏)하게 적시하고 있다. 따라서 그의 시적인 진실, 그가 구현하려는 사랑학은 더욱 알차게 영글어 갈 것으로 기대한다. 시집 출간을 축하한다.

서로가 가던 길에서

허영화 지음

발행처   도서출판 **청어**
발행인   이영철
영업   이동호
홍보   천성래
기획   남기환
편집   이설빈
디자인   이수빈 | 김영은
제작이사 공병한
인쇄   두리터

등록   1999년 5월 3일
         (제321-3210000251001999000063호)

1판 1쇄 발행 2023년 12월 30일

주소   서울특별시 서초구 남부순환로 364길 8-15 동일빌딩 2층
대표전화 02-586-0477
팩시밀리 0303-0942-0478
홈페이지 www.chungeobook.com
E-mail   ppi20@hanmail.net

ISBN   979-11-6855-216-6(03810)